星星草
绘本

窗下的树皮小屋

冰　波/文　朋鸟三告/图

上海教育出版社
SHANGHAI EDUCATIONAL
PUBLISHING HOUSE

图书在版编目(CIP)数据

窗下的树皮小屋 / 冰波文；朋鸟三告图. –上海：上海教育出版社，2015.6(2018.1重印)

（中国童话绘本）

ISBN 978-7-5444-6248-8

Ⅰ. ①窗… Ⅱ. ①冰… ②朋… Ⅲ. ①儿童文学 – 图画故事 – 中国 – 当代 Ⅳ. ①I287.8

中国版本图书馆CIP数据核字(2015)第080533号

中国童话绘本

窗下的树皮小屋

作　者	冰　波/文　朋鸟三告/图	**邮　编**	200031
策　划	星星草绘本编辑委员会	**印　刷**	上海中华商务联合印刷有限公司
责任编辑	杨文华　王　慧	**开　本**	787×1092　1/16
书籍设计	王　慧	**印　张**	2
封面书法	冯念康	**版　次**	2015年6月第1版
出版发行	上海教育出版社有限公司	**印　次**	2018年1月第3次印刷
官　网	www.seph.com.cn	**书　号**	ISBN 978-7-5444-6248-8/I·0053
地　址	上海市永福路123号	**定　价**	25.80元

是葱绿的草丛泛黄的时候；

是落叶在地上翻滚的时候；

是秋雨和黄昏一同降临的时候；

窗下，一片枯黄的落叶，流出了断断续续的音乐。

这是名叫吉铃的蟋蟀在演奏。他，在为谁演奏？

这音乐，失去了夏的丰满和轻盈；这旋律，失去了夏的流畅和婉转。几个音符跌落，节奏出现了停顿，空气像被凝固了。

“真冷啊，夏天已经过去，秋天来了……”

吉铃的心里，升起一阵悲哀。

窗下，女孩捡起那片枯叶，连同吉铃，捧在手心里。女孩的手心暖暖的。

“啊，真是吉铃！你的琴声在颤抖，冷成这个样子，你还要演奏？”

吉铃看到了女孩的眼睛。白里透蓝的眼白，多像夏天晴朗的天空；黑里透亮的瞳仁，多像夏夜深远的星空。

女孩灵巧的双手忙着，雨，淋湿了她的衣服和头发。她站在雨里，给吉铃做一个树皮的小屋。

树皮的小屋？是的，吉铃有了一个树皮的家，再也不怕风，再也不怕雨啦。

蚂蚱也飞进了树皮小屋，像一片安静的绿叶。萤火虫也飞进了树皮小屋，像一颗快乐的流星。

像乐队里一声声清脆的鼓点；

像钢琴上一个个轻弹的音符；

雨点儿，打在树皮小屋的屋顶上。

叮咚，叮咚……

小昆虫们的心陶醉了：单调的、烦人的秋雨，在树皮屋顶上，奏出了多么好听的音乐。

外面，已经是水汪汪的一片，只有树皮小屋里又干净又温暖。树皮小屋呀，是漂浮在海上的一个小岛，是停泊在港湾的一艘小船。

吉铃望着女孩的窗口，他现在多么想见到女孩，看到她倚在窗口、听着他的演奏。可是，窗口是空空的。

女孩病了。她躺在床上，迷迷糊糊的，觉得自己在沙漠里走，却没有水喝。

她是多么想走到窗口，去看看树皮小屋，看看小屋里的吉铃、蚂蚱和萤火虫。可是她迷迷糊糊，嘴唇很干。

小昆虫们也看不见女孩，很着急。

蚂蚱和萤火虫飞进了窗口，落在女孩的枕边。他们发现女孩病了。

吉铃说：“她一定是为我们做树皮小屋，淋了雨才生病的。”

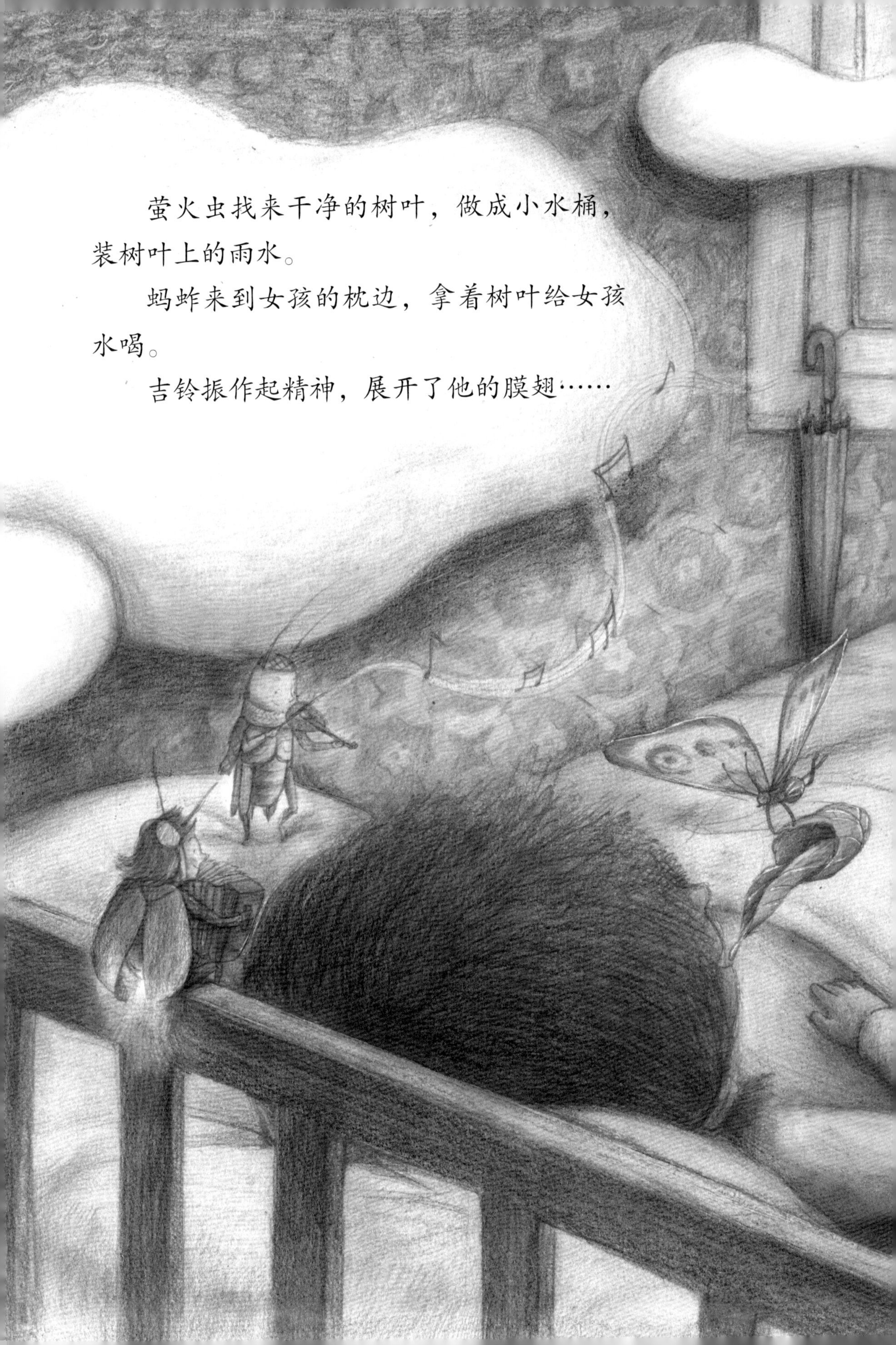

萤火虫找来干净的树叶，做成小水桶，装树叶上的雨水。

蚂蚱来到女孩的枕边，拿着树叶给女孩水喝。

吉铃振作起精神，展开了他的膜翅……

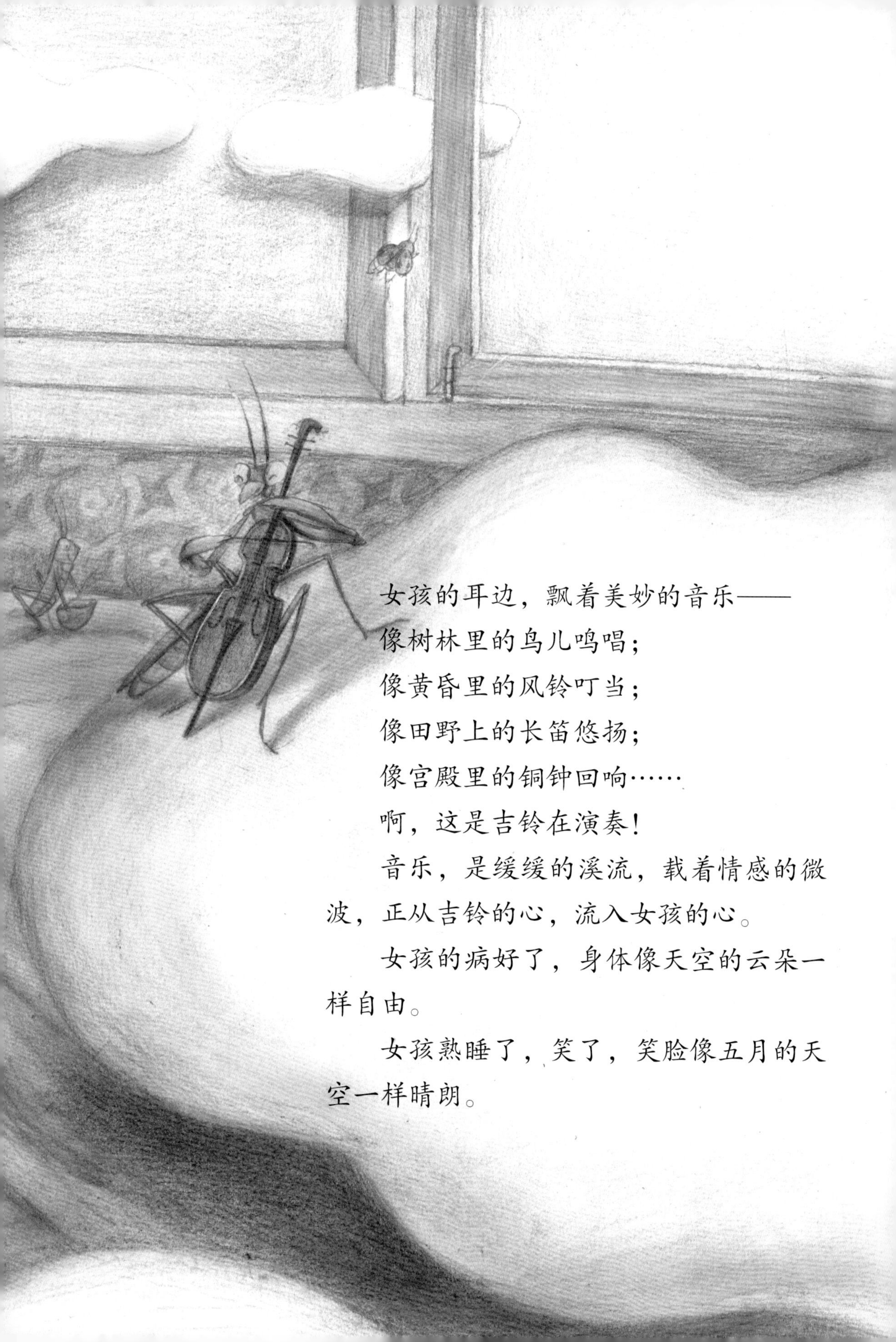

女孩的耳边，飘着美妙的音乐——

像树林里的鸟儿鸣唱；

像黄昏里的风铃叮当；

像田野上的长笛悠扬；

像宫殿里的铜钟回响……

啊，这是吉铃在演奏！

音乐，是缓缓的溪流，载着情感的微波，正从吉铃的心，流入女孩的心。

女孩的病好了，身体像天空的云朵一样自由。

女孩熟睡了，笑了，笑脸像五月的天空一样晴朗。

一朵一朵的雪花，飘下来了。

漫天飞舞的雪花，飘下来了。

树皮小屋里，蚂蚱和萤火虫与吉铃依偎在一起。

小昆虫们知道，自己已经不能在雪地里支撑多久了。他们的生命，将被这雪花覆盖。

“吉铃，我怕……”蚂蚱说，声音是颤抖的。

“吉铃，我要死了吗……”萤火虫的声音是那么微弱。

吉铃，用他微弱的颤音，用他的整个心灵，演奏起来。

告别了，家乡的草丛，夏夜的星光，秋日的落叶，善良的女孩……

对于快要离开这个世界的小昆虫们，一切都那么值得留恋。

音乐，从树皮小屋里飘出去，消散在旷野上，融化在白雪里，渗透到泥土中。

最后一个音符和最后一片雪花，一同飘落。

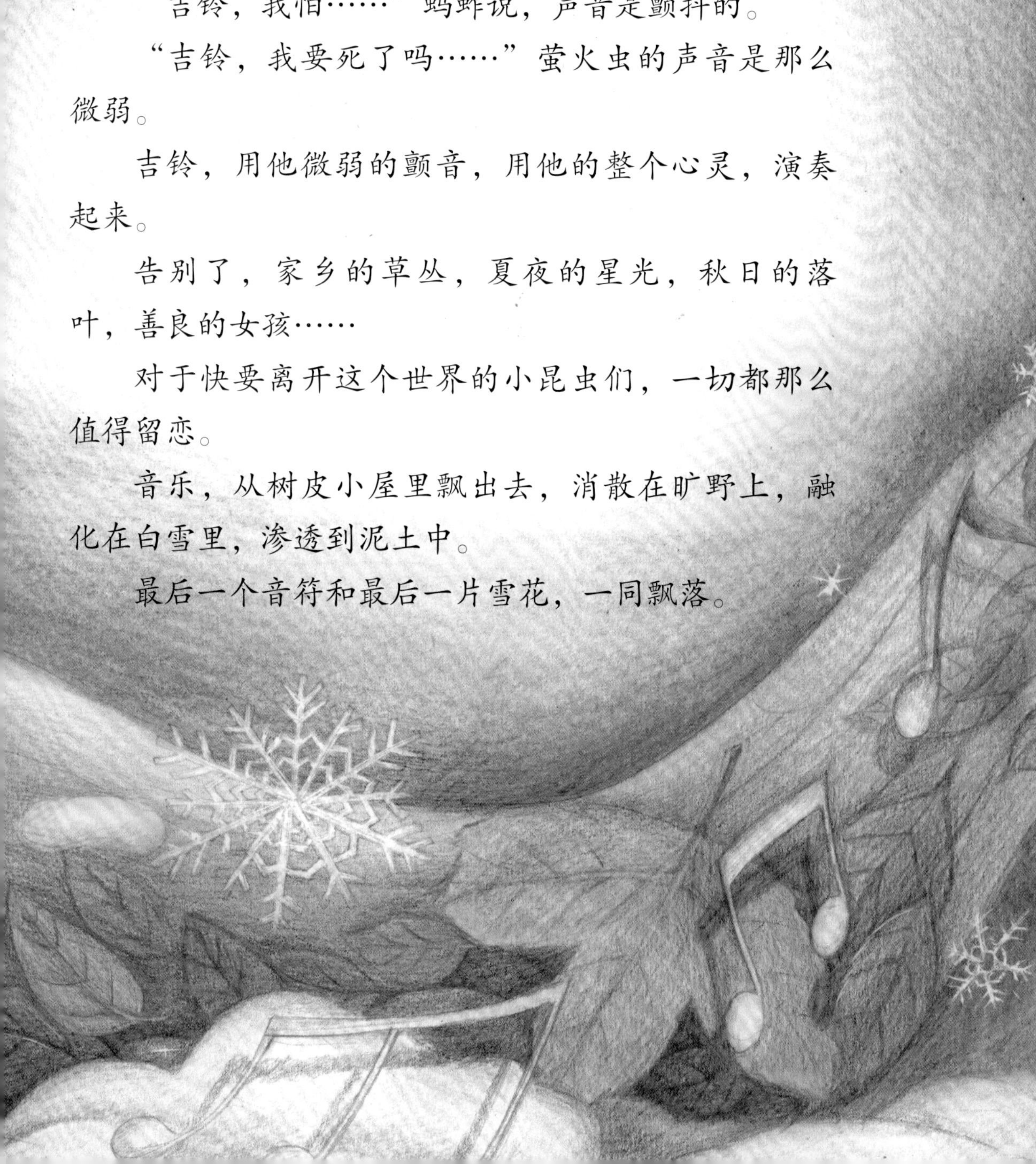

早晨，女孩醒了。她看见树皮小屋被厚厚的雪盖住了。她扒开积雪，推开树皮小屋的门。

吉铃、蚂蚱和萤火虫，他们紧紧依偎着，触须碰在一起。静静的，没有一声回答。

女孩说：“他们睡着了。从秋天开始，他们就累了，他们要睡了……”

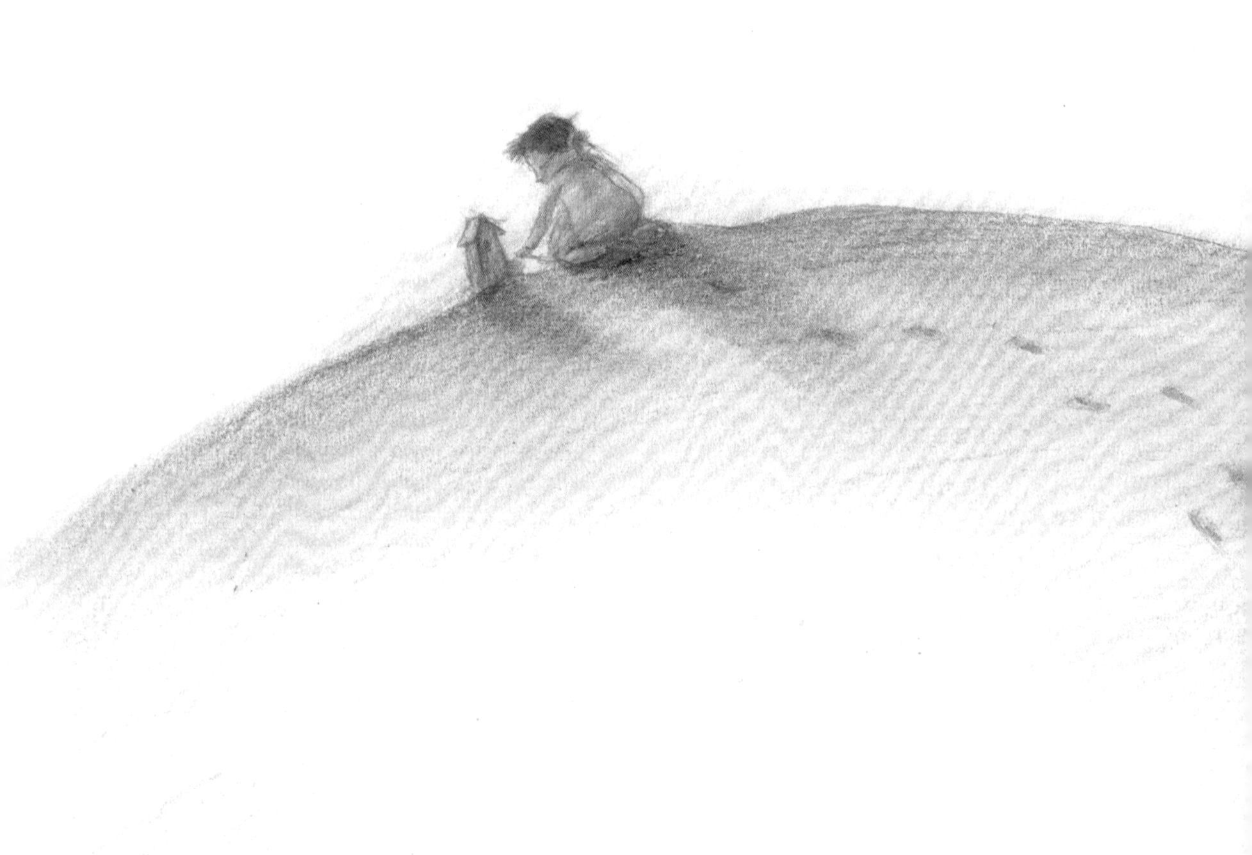

女孩关上了树皮小屋的门，用雪重新盖住树皮小屋。围着树皮小屋，用树枝做了一圈栅栏。

女孩蹲在栅栏外，轻轻地给树皮小屋哼起一支歌，一支没有歌词的歌。

她的嗓音，夹着甜美的鼻音，从冬天唱到了春天。

是的，春天终于来了，雪化了……

女孩又给树皮小屋哼起了那支没有歌词的歌。歌声里，奇迹发生了：

树皮小屋的墙上，慢慢地绽出了许多淡绿色的芽苞。芽苞在绽开、绽开，长出了一片片尖尖的小柳叶！

树皮小屋里走出了一支小小的队伍，这么多小蟋蟀、小蚂蚱和小萤火虫哦！

“他们都认识我！”女孩想：今年夏夜，该会有多么美丽啊……

冰 波

原名赵冰波，童话作家，杭州人。国家一级作家。喜欢安静和幻想。1979年开始儿童文学创作，写作风格多样，或细腻绵长，或大气磅礴，总会透出一种智慧、技巧，令人回味。主要作品有：《狼蝙蝠》《月光下的肚肚狼》《阿笨猫全传》《蓝鲸的眼睛》等。

朋鸟三告

原名马鹏浩，绘本作者、插画师，现居北京。2008年投入儿童绘本创作领域。2013年与中国香港特区政府教育局和香港中文大学合作发行帮助读写困难学生的教材《读写易》系列。2014年，与畅销书作者张嘉佳合作，负责《从你的全世界路过》精装版全书插图；同年6月，自作自画低幼绘本作品《一个梨子掉下水》入围南京信谊奖并出版；2015年5月，短篇动画《海轮上的升旗仪式》在央视少儿频道“星星梦”第七集播出，任该短片执行导演和原画师。